美とは何か

笹岡 優光

郵 便 は が き

料金受取人払郵便

大阪北局
承 認
246

差出有効期間
2024年5月31日まで
※切手を貼らずに
お出しください。

530-8790

156

大阪市北区曽根崎２－11－16
梅田セントラルビル

清風堂書店
愛読者係 行

愛読者カード ご購入ありがとうございます。

フリガナ		性別	男 ・ 女
お名前		年齢	歳
TEL FAX	( )	ご職業	
ご住所	〒 －		
E-mail	@		

ご記入いただいた個人情報は、当社の出版の参考にのみ活用させていただきます。
第三者には一切開示いたしません。

□学力がアップする教材満載のカタログ送付を希望します。

●ご購入書籍・プリント名

●ご購入店舗・サイト名等（　　　　　　　　　　　　　　　　　　　　　）

●ご購入の決め手は何ですか？（あてはまる数字に○をつけてください。）

1．表紙・タイトル　2．中身　3．価格　4．SNSやHP
5．知人の紹介　6．その他（　　　　　　　　　　　　）

●本書の内容にはご満足いただけたでしょうか？（あてはまる数字に○をつけてください。）

たいへん満足 5 ― 4 ― 3 ― 2 ― 1 不満

●本書の良かったところや改善してほしいところを教えてください。

●ご意見・ご感想、本書の内容に関してのご質問、また今後欲しい商品のアイデアがありましたら下欄にご記入ください。

ご協力ありがとうございました。

★ご感想を小社HP等で匿名でご紹介させていただく場合もございます。　□可　□不可

★おハガキをいただいた方の中から抽選で10名様に2,000円分の図書カードをプレゼント！
当選の発表は、賞品の発送をもってかえさせていただきます。

まえがき

この「美とは何か」という文章は、いまから七年以上も前に書いた文章である。

五〇数年前の二〇代の頃、私は永井潔の『芸術論ノート』を読み、反映論、美の客観的実在性の問題、形象的認識の問題について深い感銘を受けた。そのころから、私は美について、自分なりに勝手に考えてきた。たまたまあるとき、テレビの骨董品の鑑定番組を見ていて、そのときのある骨董品の鑑定を巡っての出品者と鑑定士のやりとりに触発され、いままで美について私が考えてきたことをまとめようと思いつき、ワープロで打ち出した結果が、この「美とは何か」という文章である。

私は子どもの頃から、極めて悪筆で、文章を書くのが非常に苦手で苦痛であった。それが、四〇年近く前に、ワープロというものに出会ったことによって、文章を書くのがそれほど苦にならなくなった。そしてそのおかげで、いろいろな人たちとの交流も増え、世界が広がった。この文章がそうなることを願っている。

この「美とは何か」という文章の他に、一昨年の九月に退職者の会の新聞に書いた「統一教会問題について」という文と、最近の出来事である「パレスチナ問題について」という、美とは何の関係もない政治的な出来事について私の考えたことも載せている。

統一教会の問題は、安倍晋三氏が殺害されて一年六ヶ月以上も経ち、その後、統一教会についての様々な事実が明らかになり、いま読み返してみると、自分の書いたものと現実との相違が明らかになり、赤面の至りである。ただ、①安倍氏の死がある意味では必然であること、また②安倍氏を旗頭とする忖度システムの崩壊による安倍派・自民党の流動化、そして③統一教会という外国発の宗教団体が、安倍氏や日本会議に代表される靖国派と一体となって憲法改悪を目指す運動が、明らかに外国勢力の内政干渉であり、ある意味、売国行為であるとの私の指摘が、この問題を考える際の一助となれば幸いである。

「パレスチナ問題」は、いま全世界の目の前で起こっているイスラエルのパレ

まえがき

スチナ人に対する大量殺戮という戦争犯罪であり、全世界が声をあげることによってしか、このジェノサイドを止める方途はない。なぜイスラエルという国家がこのような残虐なことができるのか、その原因は何なのかについて、私がいま考えていることを書いてみた。またイスラエルがその殺戮を正当化している背景の根拠となるディアスポラのユダヤ人（離散のユダヤ人）についても書いてみた。

私は、将来、このパレスチナの地に、神話や宗教を根拠に他民族を抹殺し、その領土を占領することを目指すイスラエルのような植民地主義国家ではなく、パレスチナ人もユダヤ人も同じ権利を持つ対等・平等で、平和で民主的な共同体（例えば、パレスチナ共和国）ができることを願っている。

二〇二四年二月二六日　記

もくじ

パレスチナ問題について

統一教会問題について……63

美とは何か

美について考え出したきっかけ

以前、深夜のラジオ番組で、一人の盗賊がある満月の夜、追っ手から逃れるために深い山に逃げ込んだところ、誰もいない山奥で桜の花が見事に咲いていて、その光景を見た盗賊は、「春は怖ろしい、桜は怖ろしい」と呟いたという話を聞いたことがあった。そのとき、その放送された桜の情景に、私も盗賊と同様、恐怖にも似た戦慄を覚え、強烈な印象を持った。

それで、その放送された話が大変気になって、話のもとは何だろうかと思って調べてみると、坂口安吾の『桜の森の満開の下』という短編小説に、似たような描写があった。小説の内容は、鈴鹿峠に住むある山賊が、美しい女を連れた旅人を殺し、女を自分の女房にするが、やがて女の魔性に魅入られて自滅していくというものであった。

小説の冒頭で安吾は、「大昔は桜の花の下は怖いと思っても、絶景だなどとは誰も思いませんでした。近頃は桜の花の下といえば人間がより集まって酒を飲んで喧嘩していますから陽気でにぎやかだと思いこんでいますが、桜の花の下から人間を取り去ると怖ろしい景色になりますので…（中略）…桜の林の花の下に人の姿がなければ怖ろしいばかりです」と述べており、また同じく「桜の花ざかり」という随筆には、一〇万人もの死者を出した東京大空襲での焼死者たちと桜

① **リーメンシュナイダー「哀悼祭壇」**（ドイツ、ヴュルツブルク、マイトブロンの修道教会で 2010 年撮影）リーメンシュナイダーは、1520 年から 1521 年までドイツ農民戦争時代のヴュルツブルグの市長を務めた後期ゴチック期の彫刻家。農民戦争時は元市長として、都市市民・農民の側に立って農民戦争に加担したため、農民戦争の敗北とともに逮捕され、拷問され、その後死亡した。この作品は、彼の最後の作品と言われている。

の花を対比して、「花見の人の一人もいない満開の桜の森というものは、情緒などはどこにもなく、およそ人間の気と絶縁した冷たさがみなぎっていて、ふと気がつくと、にわかに逃げだしたくなるような静寂がはりつめているのであった」との描写があり、桜の花とそれを鑑賞する人間の不在という情景への安吾の思いが述べられている。

ところがこれとは対照的と思われる情景に、「山路来てなにやらゆかしすみれ草」という芭蕉の句がある。山の中で「すみれ草」が誰にも見られることなく、つつましく可憐に咲いていて、山道を歩いていた芭蕉がふとその存在に気づく、というようなすみれ草の可憐さや微笑ましさがここにはある。しかし前述の桜の情景にはそういった可憐さや微笑ましさは全くない。この桜は、月夜の誰もいない山奥で、誰にも鑑賞されることなく、いやむしろ鑑賞されることを断固拒否して、勝手に美しく咲いているのである。

われわれ日本人は昔から、桜の花を美しいと思い、長い間、桜の美しさを愛でてきた。そのため、われわれはどこか心の奥底で、桜の花の美しさは人によって鑑賞されるためにあると思ってきたのではないだろうか。しかし山奥で誰にも見られることなく豪華絢爛に咲いている桜には、そういったわれわれの勝手な思いは全く通用しない。ここにあるのは、美は人間が存在しようとしまいと厳然として存在する、という論理である。しかし美は厳然として存在するのに、それを美と認識する人間が存在しない。それはまるで人間の存在が無化されてしまうような不気味な状況ではないだろうか。

これが、誰もいない山奥での桜の話を聞いて、私が恐怖にも似た戦慄を覚えた理由であった。しかし時が経つにつれ、では人間が存在しなくても美は本当に存在するのか、それなら人間を必要としない美とは一体何なのか、そしてそのような美にどのような意味があるのか、という風に私は考えるようになってきた。

テレビの鑑定番組を見て思ったこと

美についてそのようなことを考えていたとき、ふとテレビの骨董品の鑑定番組が目にとまった。その番組で、二五年前にベルリンの家具屋の店主から見せられた茶碗を手にした瞬間、電気が走るような衝撃を受け、これは本物だと確信し、そのとき持っていた全財産八〇〇万円を叩いて買い取ったと言う男性が出てきた。当時この男性は骨董についての知識はゼロだったそうである。そしてこの茶碗の鑑定結果は、何と二万円であった。鑑定士によれば、この茶碗は男性が思うような桃山時代の志野焼ではなく、江戸時代後期のもので、土も違えば、釉薬も硬すぎ、形も悪く、大きく重い、茶碗として茶も飲めない等、ぼろくその評価であった。それが鑑定士による客観的な評価だった。

ではなぜ、骨董についてずぶの素人であったこの男性はこの茶碗を本物と確信し、二五年前に八〇〇万円もの大金を叩いて買ってしまったのか。この番組を見ていて、私はこの事象が、美というものの主観的側面と客観的側面が滑稽なまで見事に統一されている好事例であり、この事例を考察する中で、ひょっとしたら美というものが理解できるのではないかと考えた。

それで、この件を手がかりとして、以前から美について私が考えてきたことをまとめてみようと思った。それが以下の文章である。

私なりの美についての定義

最初に私なりの美についての定義をしておきたい。というのは、市販の辞典や辞書には、美は感覚器官を通じて人に内的快感をひきおこすものとか、人間にとっての最高価値の一つなどと書かれている。しかし私にとって今ひとつ納得できないことは、どの辞典も美の持つ社会的で客観的な側面を認めながらも、では美は客観的な対象物として実在するのか、それとも美は美についての意識作用なのかということが、明確に述べられていないということであった。

では私なりに美というものについて定義をしてみたい。

美とは何か。それは実在するある対象物に対して、人間が鑑賞行為を行ったときに生じる認識という意識作用である。具体的には、ある社会において美とされている作品を通じて形成された社会的な共有意識が、その社会の構成員（共同体）各自の脳内に同調・形成された意識作用のことである。

それ故、美は個人の脳の中の意識作用として存在するものであり、道ばたにころがっている石のような客観的な実在物として存在するものではない。つまり、モナリザやダビデ像、曜変天目茶碗など無数の実在する芸術作品自体は美ではない。端的に言えば、「美とは美についての意識、すなわち美意識のことである」というのが私の美についての定義である。

美は美意識であるとの理由

ではなぜ、美は美意識であって、客観的な実在物としては存在しないのか。なぜ美は人間の主観の内にのみ存在し、客観的に実在しないのか。それは人間を他の動物と比べればすぐにわかることである。動物にとって、美は存在しない。人間にとってのみ、美は存在する。犬や猫や、ゴリラやオランウータンをモナリザやその他無数にある芸術作品の前に立たせてみればよくわかる。彼らはそれら芸術作品に何の興味も関心も示さない。彼らの前にあるのは、道ばたにころがっている石ころと同様、ガラスのケースに入った単なる物体なのだから。

では、なぜ人間にとってのみ、美は存在するのか。それは人間は他の動物とは違って、徹底的に社会的な存在であるからである。人間の社会は、動物の社会のように自然の中に埋没している社会ではない。人間は言葉や道具を通じて、自然に働きかけ、自然を自分の都合のよいように作り変え、人間社会を形成してき

②「**十一面磨崖仏**」（笠置山木津川渓谷で 2016 年撮影）室町よりわずかに降った時代の 94cm の可愛らしい観音像で、その素朴な表情は、私には当時の民衆を彷彿とさせる。

た。人間のみが自然に対して自らの社会を形成し、そのことを通じて、人間が自らの内に持つ身体的・動物的側面である自然（つまり肉体）をも社会化、人間化してきた。自然（肉体）の社会化、人間化を大脳生理学の視点から見れば、それは大脳新皮質の形成に他ならない。それ故、身体的、物理的な限界から見れば、人間はまさしく動物であるが、他の動物と違って、人間は社会的動物、徹底的に社会的な存在であり、自らを社会的存在に作り変えてきた存在である。人間は、他の動物のように、自然のなかで生まれ、自然のなかで死んでいく存在ではなく、人間化された自然すなわち社会のなかで生まれ、社会のなかで死んでいく存在になってしまったのである。

動物には前述した人間の社会のようなものは存在しない。動物が集団で行動し、社会のようなものを作っていても、それは完全に自然に埋没し、自然の一部であって、その自然が環境の変化、地殻変動等で消滅すれば、自動的にその動物も消滅する。人間のような社会が存在しない動物には、人間が持つような社会的共有意識は存在しない。社会的共有意識が存在しない以上、動物にとって美は存在しない。以上が人間にとってのみ美が存在し、美は美意識という社会的共有意識、すなわち人間の脳の中にのみ存在する意識作用であって、客観的な実在物ではないという理由である。

美意識の客観的側面

マルクスによれば、資本主義社会における商品の価値は、その商品を生み出すための「社会的に必要な労働時間」に決定される。それと同様、美意識も社会によって生み出された意識、社会的意識である以上、美意識の社会的価値もそれが獲得される社会的に必要な労働時間、つまり訓練と研鑽が重要な側面となる。

例えば前述の骨董品の鑑定士の美意識は、骨董品の何の知識のない男性の美意識と比べて、その分野で必要とされる何十年にもわたる厳しい研鑽と、膨大な数の骨董品の鑑定を通じて獲得された美意識である。彼の骨董についての美意識は、骨董品の何の知識のない男性の美意識と比べて、はるかに広く深く豊かな社会性を持っている。つまり社会的に必要とされる骨董についての美意識の質（感性・才能）と量（訓練と研鑽）の差が、美意識の価値、その優劣を決定する。

つまり美意識の社会的側面が美意識の客観的側面であり、その社会性の質と量によって美意識の客観的側面が決定される。

美意識の主観的側面

しかしこの美意識は、その社会の共同体各自に社会的共有意識が同調・形成された意識作用という点で、社会的・客観的な側面を持つが、同時にそれは個人の脳内に社会的共有意識が反映されたものであり、認識作用という主観的なものである。人間の認識作用とは、鏡などが外界を写し出す単なる反射作用とは違って、外界を自己の価値基準に従って都合の良いように切り取る主観的・主体的行為であり、外界に対して自己の世界を構築するという創造的行為である。そして認識作用という点から見れば、鑑賞行為はまさしく創造的行為である。

蟹は甲羅に似せて穴を掘るが、人も同じであって、自分の限界を超えて物事を認識することはできない。人間の本質が「その現実の姿では、それは社会的諸関係の総和である。」（『フォイエルバッハに関するテーゼ』傍点筆者）であるならば、現実の一人ひとりの人間の美意識も、その人間が生きてきたその時点までの、その人間の社会的諸関係の総和によって決定される。

現実のわれわれ一人ひとりの人間は、クローンのような生物学的に同じ個体ではなく、またその上に築かれる各自の社会的諸関係が一人ひとり異なるため、われわれ一人ひとりは違った人間となる。仮にわれわれ一人ひとりが、同一条件下におけるクローンであったとしても、その上に築かれる社会的諸条件が違えば、違った人間になる。それ故、美というものが社会的に共有された美意識であるとはいえ、それを主観的・主体的に受け取る一人ひとりの美意識は各人毎に異なる。芸術作品とされているある作品を美しいと思う人もいれば、それを美しいとは全く思わない人もいる。それが芸術作品が持つ主観的な側面である。

美意識の直感性と確信性の根拠とは

それではなぜ、冒頭で述べた骨董についてはずぶの素人であった男性は、江戸時代後期のたった二万円の志野焼を、値打ちのある焼き物と確信したのか。われわれから見れば、この男性の勘違いであることは明らかであるが、この焼き物を見た瞬間、この男性が本物と確信した確信性は本物であったに違いない。本物だと確信したからこそ、彼はその焼き物に八〇〇万円もの大金を払ったのである。ではなぜ、彼はこのような確信性を持つことができたのか。

テレビの骨董品の鑑定番組を見ていれば、このような人々が大量に出てくる。われわれから見れば、極めて滑稽なことであるが、それだからこそこのように真贋をめぐって繰り広げられる人間ドラマの番組が視聴者の興味を呼ぶのであろう。なぜ、このような人々が大量に出てくるのか。なぜ、彼らはこれほどいとも簡単に、自分の審美眼・美意識を信じることができるのだろうか。

この問題を考える際に、一つのヒントになるのが、冒頭の男性がその焼き物を見たとき、電気が走るような衝撃を受け、これを本物と確信したと述べている点である。不思議なことに、偽物をつかまされた多くの人が異口同音にこの男性と同じような発言をしている。多くの人が、その作品を見た瞬間にその作品を本物と確信しているのである。じっくりと長い時間をかけて調べたり、専門家に相談したりして、その作品の真贋を見極めた人はほとんどいない。多くの人がその作品を見た瞬間、「ビビッと来た」「頭をガツンとや

③ サン・ラザール教会玄関入口のタンパン下部の彫刻「滅ぼされるものたちの像」（フランス、オタン、サン・ラザール教会で 2018 年撮影）上から悪魔の手が現われて、首をつかんで上の地獄の場面へ引っ張り上げようとしている像。悪いことをすればこうなるぞという教訓めいた像の割にはユーモラスで楽しい像。

られたようなショックを受けた」とか、その作品がまるで「自分を待っていたかのような気がした」「自分を呼んでいるかのような気がした」など、およそ正気の沙汰とはいえないような発言をテレビ上で無数にしてきた。この現象は一体何なのか。

この現象によく似たわれわれにとって極めて身近で日常的な現象が一つある。それは、男女の恋愛である。人はある日、突然恋に落ちる。恋に落ちた瞬間、その人の世界はそれまでの単調なモノクロの世界から、色鮮やかな変化に富む世界に一変する。寝ても覚めても頭に浮かぶのは、恋い焦がれる相手のことばかり。恋に落ちた男女の世界は、今までと違った非日常の世界となる。

ではなぜ、人は突然恋に落ちるのか。それは、人が恋に落ちるその時点まで、その人が意識的・無意識的、自覚的・無自覚的に追求し蓄積してきたその人自身の好み、趣味、性向、美的感覚、美意識を相手のなかに幻想的に見いだすからである。つまり、相手のなかに見いだすのは相手の美ではなく、相手に反映された幻想的な自らの美意識なのである。自らの美意識であるが故に、それは取り替えができない点で、唯一無二で絶対的である。それ故、一つの恋愛が進行しているとき、別の人を同時に好きになることができない理由がそこにある。それは、自分を取り替えることができないからである（仮にそういうことがあるとすれば、それは恋愛ではなく打算であろう）。そして恋愛が成立し、相手に反映された幻想的な自らの美意識が結婚生活という日常生活のなかで、相手の美と相手の内に見いだしてきた自らの美意識との違いが明らかになるにつれて、恋愛は終わりを告げる。結婚生活がそれ以後続いていくのは、恋愛とはまた別の次元の問題である。

骨董の素人が、世間的に何の価値もない骨董品を、突然、天の啓示を受けたかのように本物と確信し、信じられないような大金を払って、その骨董品を手に入れようとするのも、人が突然、恋に落ちる状況とよく似ている。その人が、その骨董品に見いだすのは、その骨董品の持つ客観的社会的な美の特徴ではなく、その人がその時点までに形成してきた自らの美意識である。その時点までにその人が追求し蓄積してきたその人自身の好み、趣味、性向、美的感覚、美意識をその骨董品のなかに見いだす。対象物のなかに自分を見いだすのであるから、これほど信頼できる唯一無二、絶対的なものはない。これこそが美意識の直感性と確信性の根拠である。

この美の直感性と確信性に問題があるとすれば、テレビの骨董品の鑑定番組に出演するような場合、その人の美意識が、その社会において必要とされる質（感性・才能）と量（訓練と研鑽）を獲得していなければ、その骨董品の持つ社会的価値と自らの社会性の落差が公衆の面前で暴露され、自らを戯画化してしまう点であろう。

美的快感こそが美の直感性と確信性の土台

美的対象に対する直感性と確信性の根拠について、私なりの考えを述べてきたが、次にそれ以上に重要な美についてのある特徴を述べてみたい。それは、美的対象がもたらす快感についてである。

各辞典の記述でも、美は「内的快感をひきおこすもの」（広辞苑）、「美的快の感情をひきおこす対象」（大辞林）、「…純粋に感動するときに感じられる快」（大辞泉）と述べられている。つまり美しいもの（と本人が思っているもの）が、われわれに快感をもたらす点である。われわれに快感をもたらす美の側面は、美の持つ最も重要な側面であり、美の直感性と確信性の土台となるものである。

人類は数万年もの社会生活の中で、自らの美意識を追求し鍛え研鑽し、それが次世代に受け継がれるように、社会的歴史的に蓄積してきた。ある特定の時代のある特定の社会で生まれた個人は、幼年期、少年期、青年期を通じて、自らの周りにその社会で美とされているものを見いだす。その場合、個人は自らの好み、趣味、性向をもとに、社会的に美とされているもの、つまり社会的に価値のあるものを理解し認識し、美とされている社会的共有意識に自己の意識を同調させたいと思う。それは、社会的に美とされているもの、価値あるものとされているものを精神的に我がものとすることによって、個人がその社会において、新たな能力、力を手に入れることになり、それがより高い世界を発見し獲得することにつながるからである。

そのためには、不断の質（感性・才能）と量（訓練と研鑽）の積み重ねが必要である。具体的には、ある美的対象物に対して、個人の脳内に、それを美と認識する他人の意識作用と同様かそれ以上のレベルの意識作用が同調・形成されなければならない。それがなされたとき、その個人に社会的に必要な美意識が獲得されたことになる。

そしてこのようにして獲得された美意識が人に与える喜びは、ものを知る喜びより遙かに深くて強い。わからないものがわかるようになったとき、人は喜びを覚えるが、これは知的快感であって、頭の喜びである。美的快感は、視覚、聴覚、嗅覚、味覚、触覚など五感を通じて直接脳を刺激する身体的快感であり、その喜びは、頭で感じる喜びより深くて強い。典型的な身体的快感である性的快感に近い快感と言ってもよい。

多くの人が、ある芸術作品を見たり聞いたりした瞬間に、その作品を本物と確信する美意識の直感性は、この身体的美的快感に支えられていると言ってもよい。

美の持つ物神性

ここから次の問題が出てくる。人間にこのような強烈な刺激を与える美意識というものは、人間の思考、生活、生き方に大きな影響を与える。美は人間が追い求める価値になる。われわれが高校時代、倫理社会の時間に習ったプラトンの「真・善・美」という、人間にとっての最高価値の一つになる。このことから、

④ **シャルトル南側正面「キリスト像」**
（フランス、シャルトル、2011 年撮影）
13 世紀初め頃の作品。教会建築の正面玄関によく見られる最後の審判時の怖ろしい「栄光のキリスト像」と違い、おだやかで、優しい表情のイエス像。

次のような問題が出てくる。

美が人間にとって最高価値、あるいは重要な価値の一つなら、美は人間に感動を与えることを通じて人間を支配しコントロールするものになる。これは、人間が作り出したものが人間を支配するという、マルクスが商品、貨幣、資本について述べた物神化というものに他ならない。美が物神性を獲得することによって、美は社会生活に大きな力をふるうようになる。美が人間を支配しコントロールする。そして美が人間を支配することによって、美は人に対して超越的なものになる。美が価値になることによって、美は物神性を獲得し、超越性を持ち、人間を支配するようになるのだ。

美と価値

では、価値とは何か。私が思うには、価値とは意味を問うことである。日常では、「それに何の意味があるのか」という言葉は、「それに何の価値があるのか」

という言葉と等しい。人間社会において、意味を問うことと価値を問うこととは同じことになる。では、意味を問うこととは何か。それは、存在理由を問うことである。

人間が社会化されて以来、人は意味を問う存在、存在理由を問う存在になってしまった。「何のために」というのが、人の生きる目的であり手段になってしまった。これは何のために存在しているのか、自分は何のために生きているのか、自分は何者なのかとか、自分は何のために存在しているかを問う存在になってしまった。ゴーギャンの晩年の作品「我々はどこから来たのか　我々は何者か　我々はどこへ行くのか」は、画家が長年、自身にそのことを問うてきたことを物語っている。つまり人は意味を問う存在、存在理由を問う存在になってしまった。それはなぜか。

人間が、社会を形成したとき、つまり人間が自分の周りに自然と社会を見いだしたとき、つまり動物のように本能に生きる自然に埋没した存在としてではなく、自己を客観的にとらえられる存在、つまり自己対象化を行うことのできる存在となったとき、人はあらゆるものに意味と存在理由を見いだしていく存在となった。

人はこの宇宙のなかで、何の意味もなく生まれて、何の意味もなく死んでいく。それは、人は何かのための目的や手段として生まれてきたのではないからである。しかし意味を問うことによって人間になったわれわれは、自分の存在が何かのための目的や手段として存在するのではなく、ただ単に偶然に生まれ出てきた存在であるということを素直に受け入れることができない存在になってしまった。つまり自分が存在することには何か意味があると、意識的・無意識的に考える存在になってしまったのである。

あらゆるものに意味と存在理由を見いだしてきた人間は、古代・中世社会のような科学的認識が獲得されていなかった社会では、人は人間を超える存在、つまり神や仏や神々のような超越的な存在から、自己が認定され肯定されることによって、自己の存在の意味を見いだしてきた。つまり、人は長い間、自己が作り出したものによって、自己の存在理由を見いだしてきたのである。

しかし科学的認識の発展のなかで、神や仏や神々などの超越的なものが存在しないことが明らかになり、その結果、人間の生は超越したものによってその意味が与えられるものではない、ということが明らかになってしまった。超越的存在によって、人は自らの存在理由や意義を問えないということになった。これは、人間にとって極めて困ったことである。人があらゆるものにその意味と存在理由を見いだしていく存在となってしまったために、人は「死んだら終わり」という観念を素直に受け入れることができなくなってしまったのだ。

現代では、ユダヤ教徒やイスラム教徒、ヒンズー教徒などの戒律を守り日常生活を送っている宗教的民族を除いて、多くの人たち（欧米諸国や先進国と称されている国の人たち）は、まるで神や仏や神々が存在しないかのように社会生活を送っている。それはわれわれの日常生活が、古代・中世社会と違って、神や仏や神々に支配されコントロールされていないからである。にもかかわらず、多くの人たちの人生は、神や仏や神々などの超越的なものの非存在を前提にして、自分の人生を構築することにはなっていない。

それ故、われわれのこれからの自覚的な生は、神や仏や神々などの超越的なものから意味を与えられるのではなく、またそういった超越的なものを前提として自分の存在理由を構築するのではなく、自らが自らの力によって、生きる意味を構築していかなければならない。われわれ人類はこの地球という惑星の上で、ある法則性によって発生し、そして生物的、自然的、社会的、物理的要因等で遅かれ早かれ消滅していくのだから。

美と永遠（その絶対性）

何度も述べてきたように、美は美意識であり、それは社会的共有意識が、共同体各自の脳内に形成される意識作用に過ぎない。もし共同体各自の属する社会が、戦争、災害などで消滅すれば、その社会の美は消滅する。人類が核戦争、生物としての寿命などで絶滅すれば、その時点で、美が存在しなくなるのは当然のことである。トランプや金正恩が、核戦争をおこせば、明日にでも人類社会は滅亡し、美も消滅することになる。

それなのに、なぜわれわれは、日常的に美というものは永遠に存在するとか、普遍的であるとか、ということを平気で口にするのだろうか。「美は永遠である」とか「永遠の美」などという言葉が日常では氾濫している。われわれは永遠とか普遍というものを、美の属性として、無意識のうちに当然視している。これはなぜだろうか。

⑤ **マルタン「聖マルタの像」**（フランス、オタン、ロラン美術館で2018年撮影）ラザロの復活の際、復活したラザロを見て驚いているラザロの姉マルタの像。12世紀半ばの作品であるにもかかわらず、その写実的で現実的な女性像は素晴らしい。

まずはっきりしておきたいことは、「永遠」とか「無限」という言葉は、あくまでも抽象概念であり、これが存在するのは人間の脳のなかの認識作用、意識作用として存在するのであって、目の前に存在する石や犬などの実在物のように存在するわけではないということである。こういった抽象概念は、人が社会的存在となり、自分の周りに対象としての自然や社会を見いだしたとき、その自然や社会を人間にとって理解しやすい形式で認識するために作り出された思考形式に過ぎない。特に抽象的概念は自然概念と違って、物質や自然を正確に反映しているというより、その時点での社会の見方を反映しており、歴史的限界がある。

人はこういった概念を使って、自然と社会を理解し了解してきた。しかし人がそういった仕方（概念）で自然と社会を理解し了解するなかで、その自然と社会を理解し了解する形式（概念）であったものが実体化してしまった。つまり形式であったものが内容になってしまった。手段であったものが目的になってしまった。そして実体化された永遠や無限などの抽象概念が、価値となった美と結びつけられ、それが美の属性となった。

ではなぜこういった抽象概念が実体化してしまったのか。なぜ存在もしない永遠や無限などという抽象概念が実体化してしまったのか。そしてその根拠は何か。その根拠こそが人間社会である。永遠や無限などという概念は、美と同様、社会的共有意識にすぎない。そしてその社会的共有意識は、人間社会という実体から生み出される。となれば、先に述べたように、もし人間社会が核戦争や何かの要因で消滅すれば、生き残ったわずかの人間はどうなるのか。全ての文明が破壊され、社会という実体が存在しなくなれば、永遠や無限などという社会的共有意識も人間から直ちに消滅する。人間は生きることのみが目的である本能的存在、つまり動物に戻り、自然の中に埋没し、自然と一体化し、人間は消滅する。

何度も述べてきたが、人間の本質は人間社会である。そしてその人間社会の構造は、その再生産を前提とする永続性に支えられている。つまり人間社会の永続性（人間の社会は永遠に続くという錯覚）こそが、永遠や無限という抽象概念の根拠なのだ。以上が、こういった抽象概念が実体化してしまった理由だと私は考える。

このようにして人は自らが作り出した概念でもって、この世界を観念的に理解し了解することによって、世界に意味を与えてきた。つまり人間が作ったものが人間を支配する、そういった倒錯的な生き方のなかで、人はこの世界を観念的に支配してきた。それ故、冒頭で述べた山奥で誰にも見られることなく豪華絢爛に咲いている桜が、人間に不安や恐ろしさを与えるとすれば、それは人間のこういった倒錯性が暴露され、その破綻に直面する恐怖からであろう。

しかしよく考えてみれば、この場合の不安や恐ろしさは日本人独特の倒錯性に過ぎない。日本人だけがこの国の歴史のなかで、桜に対する美意識を長期にわたって社会化してきたのであって、そういった社会化を持たない他の世界の人にとって、人のいない山奥で咲いている桜は、何の不安も恐ろしさも与えないのであろう。

美の相対性について

次に美というものが、永遠で絶対的と思われている一般的装いと違って、いかに相対的、一時的、可変的なものかを具体的に考えてみたい。

話の糸口として、ある男性が江戸時代後期の志野焼を桃山時代の志野焼と勘違いして、二万円の価値しかないその焼き物を八〇〇万円で買ったという骨董の鑑定番組の話を始めた。私は江戸時代後期の志野焼が、たった二万円の価値しかないことに驚いたが、もっと驚いたことは、二〇一三年、ヤフーオークションで、一九五〇年代の日本製ブリキのロボットのおもちゃが六六八万円で落札という記事を読んだときであった。江戸時代後期の志野焼がたった二万円で、一九五〇年代の日本製ブリキのおもちゃが六六八万円という価格は、何を意味しているのか。六〇年前のたかが子どものブリキのおもちゃになぜ、六六八万円もの大金の値がつくのか。一方は江戸時代後期とはいえ、本物の志野焼の茶碗、一方はたかが子どものブリキのおもちゃである。この落差は何か。

これがつい数十年前なら、ブリキのおもちゃの骨董品が数百万もするというような現象はおこらなかった。なぜこのような現象がおこるのか。それはここ数十年の日本社会の変化による。現在の日本社会が、ブリキのおもちゃにそのような価値をつけたのである。戦後日本の急激な経済成長と大企業の空前の大もうけ・内部留保の一方、有史以来の格差と貧困の拡大による極端な富の偏在がある。日本社会の米国化である。文化面においては、テレビ文化と一体化したアニメなどを中心とした大衆文化の加速度的成長と、そういった分野への嗜好の拡大、それを支える富者の増大が、たかが子どものブリキのおもちゃに数百万円の値段をつけたのであろう。

これは、日本社会における新たな社会的共有意識の創造である。これがどのような文化的質を持つかどうかはさておき、このブリキのおもちゃは桃山時代の志野焼と価格では匹敵する。これは、価格は文化の質や内容で決まるのではなく、需要と供給のバランスで決定されるという好例である。つまり文化も価値もすべてその社会のある分野の反映なのである。社会が変われば、美の持つ価値とそれに付随する価格も変化する。

あなたがいま身も打ち震えんばかりに感動し享受している、あなたの目の前にある絵画、彫刻、建築、音楽、書画骨董品等々は、あなたにとっての美であり、あなた自身が現在までに意識的・無意識的、自覚的・無自覚的に追求し、獲得してきたあなた自身の美意識である。それ故、あなたが愛してやまぬその美的対象はあなた自身の美意識の反映物である。故に、美は自己愛である。そして美が自己愛であることは、美の相対性を証明する有力な証拠の一つである。

あなたの美意識が、どれほどの客観的社会的な水準を持っているかは、あなた自身の感性、才能と、あなたがどれほど広く深く豊かな社会性を持っているかに決定づけられる。しかし、あなたがどれほど広く深く豊かな社会性を持っていても、あなたの美意識は、現在の社会的共有意識に追いついていないかもしれないし、逆にあなたの美意識に現在の社会的共有意識が追いついてないかもしれない。ゴッホやモディリアーニのように、生きている間はまったく評価されず、死んでから有名になった芸術家の例は数限りない。しかし多少の時間のずれがあっても、その社会がそのような美を必要としているなら、いずれ社会公認の美として評価されるだろう。逆にいえば、かつて普遍的な美とされたものでも、社会の変化によっては美ではなくなる。故に、美の絶対性は、その永遠性や無限性と同じく幻想であり、その相対性こそ絶対である。

それ故、私たちは美について十分に気をつけなければならない。物神性を獲得した美は、価値基準として私たちの生活や生き方を支配しコントロールする。絶対性や永遠性の姿をまとい私たちを魅了する。しかし美の基本的側面はその社会性にある。社会が変われば、美も変化する。美は、一時的、相対的、現象的、可変的なものである。美を絶対視せず、信用してはならない。

新たな美の創造をめざして

私が最近、感性・感覚の部分で非常に衝撃を受けたことがある。それは、二〇一五年の夏、戦争法反対の運動で、学生グループのシールズ主催のデモ行動に参加したときのことである。

普通、デモのときには、シュプレヒコールといって、運動のスローガンなどを参加者全員で唱和するが、シールズはコールといって、短い言葉をロックやラップのリズムに合わせて繰り返し唱和する。そのなかで、特に私が感動したコールは、「アベはやめろ！」「民主主義って何だ。これだ！」「集団的自衛権はいらない」「戦争したがる総理もいらない」というものであった。これを何度も何度も繰り返すのである。

⑥「**哀悼祭壇」リーメンシュナイダー自身の自画像**（ドイツ、ヴュルツブルク、マイトブロンの修道教会で2010年撮影）。写真①の左でイエスを抱えているアリアマタイアのヨセフの上の人物がリーメンシュナイダー自身の自画像。

いままで労働組合のデモに参加してきた私にとって、この短く的確、直截で衝撃力のある言葉は、強烈で感動的であった。このシールズの言葉と比べると、例えば、二〇〇六年、第一次安倍内閣による教育基本法改悪反対の労働組合主催のデモでは、消費増税反対、自衛隊海外派兵反対などの当時の政治課題を網羅したスローガンを最初からすべて順番通りに唱和し、肝心の教育基本法改悪反対のシュプレヒコールに行き着くまでに、もはや何のデモをしているのかわからなくなっていたのを、いまでも腹立たしく覚えている。シールズが素晴らしいのは、「アベはやめろ！」「民主主義って何だ。これだ！」「集団的自衛権はいらない」「勝手に決めるな！」「戦争したがる総理もいらない」などの短い言葉を、参加者全員でコールする。これは、かなり強烈で衝撃力のある訴えで、デモの沿道の人たちも、すぐに何のデモかがわかる。直截な表現がいかに人の心を打つか。この「アベはやめろ！」というコールをラップに乗せて、叩きつけるように叫ぶと、本当にスカッとする。

そして予想どおり、産経新聞を筆頭にネット右翼がこの言葉にかみついた。一国の総理を呼び捨てにするとは何事かと。じゃあヒトラーには、必ず総統という肩書きをつけなければならないのか。金正恩には必ず委員長とつけねばならないのか。片腹痛いとはこのことである。シールズが、産経が書くように何の影響力もないあだ花のような存在だったら、なぜ産経があそこまで彼らを矮小化することに血道をあげ、あれほど執拗で陰湿な攻撃をいつまでも続けているのかが理解できない。産経の執拗なシールズに対する攻撃の意味を考えていて、ふと思い当たることがあった。これは礼儀やマナーの問題ではなく、文化や感性の問題ではないかと。われわれは普通、日常生活において自分と意見が違うからといって、相手を露骨にあしざまに罵ったり、まして相手を呼び捨てにすることはない。教養のない人間だと思われたくないからである。私自身もこの社会の固定観念に縛られていて、個人的な場ではともかく、デモなど公的な場で「アベはやめろ！」と発する発想はまったく思い浮かばなかった。私の感覚、感性から思いつくのは、せいぜい「安倍内閣打倒！」「安倍首相は退陣しろ！」といったものであったろう。

しかし言葉の意味は、すべて文脈で決定される。国会審議のテレビ中継で、首相以下担当大臣の信じられないほど低レベルの国会答弁を聞いていて、議会制民主主義のあまりの劣化に、一体この国はどうなるかと思った。一国の総理大臣が答弁席からヤジを飛ばす、相手の質問にまともに答えず、相手の質問時間を奪うために聞かれてもないことについて延々と自説・珍説を開陳する、無意味な時間稼ぎの枕詞、ごまかし、はぐらかしを何の恥じらいもなく堂々と繰り返したあとのルール無視の強行採決、こんなことは安倍内閣以前にはなかった。いくら何でもひどすぎるではないか。こんな卑怯で、品性下劣なことを平気でできる人間に対して、「安倍総理」とか「安倍首相」と肩書きをつけて呼ぶような人は、文化や感性の点から見れば、阿諛追従のおべっか野郎である。安倍はアベと呼び捨てにするのが現代日本の正しい教養人であることに、シールズのおかげで気づくことができた。彼らこそ、この社会の偽善性に対して、首相という肩書きに目を曇らされず、その人間の本質をとらえたのだ。

「アベはやめろ!」。確かに言われてみればこれしかない。下品でも失礼でも決してない。素晴らしい言葉だ。あの文脈で、彼らが「アベはやめろ!」ではなく、「安倍首相はやめろ!」とコールしたら、全然シールズらしくないではないか。彼らは日本社会に潜む偽善を暴き、新しい日本語の感性を創造したのだ。シールズ主催のデモや集会に何度も参加しているうちに、彼らのスピーチ、コールは私にとって、最初の衝撃や違和感から、当たり前のようになった。そしていままで私が参加してきたデモや集会が、とてもダサく硬直したものに思えた。つまり、私の感性が変化したのだ。

上記の例でも理解できるように、個人の感覚や感性、美意識は、その人が社会に対してどういう態度をとるかで方向づけられ、具体的な現実との関わりで変化し、発展する。個人の美意識の限界は、その人の個人的資質と、社会性のレベルによって決まってくる。しかし、その個人の意識を支配しているかのように見える社会的共有意識もまた同じような限界を持つ。

この社会には無数といってもよいような社会的共有意識が存在している。どの社会的共有意識を選択するか、同調・形成するかは、その個人の生きてきたその時点における社会的諸関係の総和によって決定される。そしてその個人が現実と関わる中で、新しい感性が生まれ、新しい美意識、新しい美が創造される。その美が多くの人の共感を呼べば、その美が社会的共有意識になる。われわれが現実と鋭く切り結ぶたびに、新しい美は生まれる。
美に対して厳しい目を向けよ、美に支配されるな。美の相対性、可変性、限界性は、実は社会の相対性、可変性、限界性の反映なのだ。社会の相対性、可変性、限界性とは、社会が変わる、変化するということである。しかし、社会が変わるということは、それを変えようとする主体があるからである。社会を変えようとする側に立てる人間のみが、美に対して厳しい目を向け、美に支配されず、新しい美を創造する主体になることができるのだ。

二〇一六年一〇月一日　記

二〇二四年一一月二六日　改訂

パレスチナ問題について

イスラエルによる国際法違反のジェノサイド

二〇二三年一〇月七日、ハマスなどによって行われた武力攻撃の原因は、第三次中東戦争後、五六年間にもわたるイスラエルによるヨルダン川西岸とガザの占領、パレスチナ人の土地への無法な入植行為、住民の排除という植民地主義による国際法違反にある。

そして、それらの抵抗勢力による武装蜂起とも言える行動に対して、イスラエルはパレスチナ人へのジェノサイド、第二のホロコーストとも言える戦争犯罪を行い続けている。このことによって、イスラエルは自らが、植民地主義国家、無法国家、ならず者国家であることを全世界に明らかにした。六〇〇万人のユダヤ人がナチスによるホロコーストにあったからと言って、同じようなことをパレスチナ人にしても良いと言うことにはならない。

赤ん坊、子ども、女性、老人、一般市民への無差別虐殺ともいえるこのような残酷なことを、どうしてイスラエルは平気でできるのであろうか。ハマスなどによって、一二〇〇人のユダヤ人が殺されたからといって、その二五倍もの三万人（二〇二四年二月二九日現在）のパレスチナ人を殺しても良いのか。しかもほとんどの人がハマスなどの戦闘員ではない、一般市民である。今後、イスラエルによる非戦闘員に対する虐殺は日々その数を増し、その死者数はイスラエル人の二五倍どころか、三〇倍、四〇倍、いやそれ以上になるのは間違いない。この非対称の殺戮の要因は、一体、何なのか。私はそれを考えてみたい。

パレスチナ問題

まずこのジェノサイドの直接の要因であるパレスチナ問題を考える前に、この問題の背景として次の三つの問題点を指摘しておきたい。その第一点は、第一次大戦中のイギリスの三枚舌外交（フサイン＝マクマホン協定、サイクス・ピコ協定、バルフォア宣言）による英仏の中東分割とイギリスのパレスチナの委任統治。第二点は、第二次大戦後、アメリカの中東支配の目下の同盟者イスラエルへの膨大な軍事援助。そして第三点は、このパレスチナ問題に目を塞ぎ報道してこなかった世界のマス・メディアである。

さて、現在のパレスチナ問題は、戦後のイスラエル国家建設によって生まれた。当時のパレスチナの人口はおよそ二〇〇万人で、三分の二がパレスチナ人、三分の一がユダヤ人であった。一九四七年、国連はパレスチナの土地にアラブとユダヤの二つの国家を作るという「パレスチナ分割決議」を採択。しかしその内容は、パレスチナに古くから住む多数のアラブ系住民（パレスチナ人）に四三%、新しく移住してきた少数のユダヤ系住民に五七%の土地を与えるという、極めて不当な裁定であった。この裁定の背景にはナチスによるホロコーストの結果生まれた大量のユダヤ難民問題があり、その大量の難民対策のために米ソ両大国の中東政策がパレスチナにおけるユダヤ国家建設で一致し、イギリスの無責任もあって、分割決議案が採択されたのである（イギリスは棄権）。そしてパレスチナを統治していたイギリスは、一方的に撤退し、一九四八年にユダヤ側はこれもまた一方的にイスラエル建国を宣言した。

パレスチナ問題について

前述の如く、この国連の「パレスチナ分割決議」がパレスチナ人の民族自決権を踏みにじり、現在のパレスチナ問題を作り出した原因であると私は思っている（国連だから正しいとは限らない良い例がこれだ）。

なぜ二〇〇〇年前にパレスチナに住んでいたユダヤ人の子孫と称する人たちが、先祖が住んでいたと言う理由だけで、その地に住み続けてきたパレスチナ人の子孫を追い出すことができるのだろうか。先祖を根拠にするなら、二〇〇〇年前、この地に住んでいたとされるその先祖は、いつどのようにしてこの地に来たのであろうか。駐日イスラエル大使館のホームページには、BC一三世紀からBC一二世紀に「イスラエル民族がイスラエルの地に定住」とある。ではそれ以前は、この地はどうだったのか。イスラエルという国家がその存立を根拠にする聖書が正しいとすれば、三三〇〇年前、この地はカナンと呼ばれ、カナン人などの先住民族が住んでいた。そしてこの地をヘブライ人（ユダヤ人）と呼ばれる民族が侵略し、その地で平和に暮らしていた人々を皆殺しにして、その地を占領した。このヘブライ人（ユダヤ人）こそ侵略者だったのである（旧約聖書『ヨシュ

ア記』六：二一、八：二四〜二六、一〇：二八〜四〇、一一：一一〜二一参照）。

それから一三〇〇年後、ユダヤ人はローマ帝国に敗北し、奴隷としてローマに連れていかれた。ただそれらのユダヤ人は主としてエルサレム在住のユダヤ人で、それ以外の大半のユダヤ人は土着民としてパレスチナと呼ばれるこの地に住み続けた。その間、彼らはイスラム教に改宗し、言語的にアラブ化し、それが現在のパレスチナ人となった。人類学的、遺伝学的に言えば、彼らこそが二〇〇〇年前にこの地に住んでいたユダヤ人の子孫と言うことになる。

一方、パレスチナから追われたユダヤ人が、ギリシア語でディアスポラのユダヤ人、つまり離散のユダヤ人と言われているが、歴史的に見れば、これは間違っている。BC四世紀末からBC三世紀、古代ローマが進出する以前の東地中海世界では、アレキサンドリア、アンティオキア、ペルガモンなどのヘレニズム諸都市にすでに多くのディアスポラのユダヤ人が商業的目的などで住んでいた。当時、彼らは現代の中国の華僑のような存在だった。ヘレニズム諸都市では、第一級市民はギリシア人であるが、ギリシア人でない現地の人間が成り上がるためには、ギリシア人に次ぐ大きな勢力を持つユダヤ人になるのが一番早かった。そういった理由で、その地で多くの人がユダヤ教に改宗した。それ故、彼らのほとんどはパレスチナで生まれたユダヤ人ではなく、彼らの先祖の地はパレスチナではない。また時代が下がって七世紀のイスラーム成立以降、イスラーム帝国下でユダヤ人共同体を作っていたユダヤ教徒の子孫が、現在、セファルディム（アラブ・アフリカ・アジア系）やアシュケナジム（東欧系）と呼ばれているが、彼らの先祖の地もディアスポラのユダヤ人同様、そのほとんどがパレスチナではない。

イスラエルの帰還法とジェノサイドの真実

現代のイスラエル国家は、その全世界に散らばっている離散のユダヤ人が帰ってくる場所として、シオニストによって作られた人工国家である。シオニストとは、シオン（エルサレムの雅語）の丘にユダヤ人国家を目指す運動、シオニズム運動の信奉者を意味する。

イスラエルには、驚くべきことに近代国家が持つ憲法がなく、その代わり全世界のユダヤ人を受け入れる「帰還法」という基本法がイスラエル建国時に制定された。それ故、このイスラエルという国家は、ユダヤ人のための国家であり、ユダヤ人でありさえすれば全世界のどこからでも無条件で受け入れるユダヤ人国家として制定された。その反面、二〇〇〇年以上前からその地に住んでいるパレスチナ人は、イスラエル国内では多くは永住者として住み、ユダヤ人と同等の権利を与えられてはいない*。

では、誰がユダヤ人なのか。帰還法によれば、「〝ユダヤ人〟とは、ユダヤ人の母から生まれ、あるいはユダヤ教徒に改宗した者」とある。この規定は、トーラー(旧約聖書モーゼ五書)と律法による「ユダヤ人規定」からとられた。旧約聖書が約二五〇〇年前に成立したと言われているので、二五〇〇年前の古代宗教の規定によって、イスラエルという近代国家の構成集団が決められているということになる。つまりイスラエルという国は、ユダヤ人とユダヤ教徒との混交による宗教国家ということになる。

しかし、ハマスが無差別攻撃で野外音楽コンサートを襲った映像を見てもわかるように、現在の多くのイスラエルに住むユダヤ人は、ユダヤ教徒ではない。ユダヤ教徒とは、トーラーと律法に基づく戒律を守り、日常生活を送る人たちを言う。駐日イスラエル大使館のホームページの説明によれば、「イスラエルのユダヤ人の二〇%は全戒律を守ろうとしている」「基本的に大半のユダヤ人は、近代的な生活を送る非宗教的なユダヤ人と言ってよいでしょう」（傍点筆者）とあり、わずか全人口の二〇%がユダヤ教徒として日常生活を送っているにすぎない。

つまり、現在のイスラエル国家は、内実は世俗国家でありながら、外形は古代宗教の衣を纏っている奇怪なキメラ国家と言える。**しかしその政治的本質は、ネタニヤフのような非宗教的シオニストが、「パレスチナは神からユダヤ人に与えられた土地」だと、神話や宗教を根拠に、パレスチナ人の抹殺も含め、ガザおよびヨルダン川西岸をイスラエルの領土として組み込もうとする植民地主義にある。これが現在の侵略国家イスラエルの実態であり、今回のジェノサイドの真実**

である。

戦後、イラン革命後、唯一のアメリカ中東支配の目下の同盟者であったイスラエルが、今や核兵器を持つ凶暴な国家として牙をむき出し、もはやアメリカのコントロールも効かなくなっている。

＊「イスラエル国会は一九日、イスラエルを『ユダヤ人の国』とする法律を賛成多数で可決した」（二〇一八年七月一九日 日経新聞）。「ネタニヤフ首相は公然と、『イスラエルは、市民全員の国ではない。ユダヤ人だけの国だ』と発言した」（二〇一九年九月一二日 Amnesty International）。

いま私たちにできること

六〇〇万人とも言われる多くのユダヤ人がナチスのホロコーストよって殺され、二一万以上の広島・長崎市民がアメリカの原爆投下によって殺されたことは、厳然たる歴史の事実であり、人類はこのような戦争犯罪を二度と許してはならない。

しかしいまパレスチナでおこっている大量殺戮が、ナチスのホロコーストや広島・長崎の原爆による殺戮と異なるのは、このパレスチナ人へのジェノサイドが、いま全世界の目の前で公然と繰り広げられていることによる。

戦後、ベトナム戦争からアフガン・イラク戦争、ウクライナ戦争まで、多くの侵略戦争が繰り返されてきている。しかしそれらの侵略戦争による一般市民に対する戦争犯罪の事実は、事後に明らかになることが多かった。だがいまパレスチナで行われているイスラエルによる一般市民への虐殺は、ほとんど時間的なずれがなく、全世界に伝えられている。われわれの見ている目の前で、赤ん坊、子ども、女性、老人、一般市民が殺されている。全世界がこの虐殺を目の当たりにしている。

ウクライナ戦争での一般市民の死者数は、この一年一〇ヶ月で一万人を超えたが、パレスチナではたった四ヶ月で三万人（二月二九日現在）を超えた。これがどれほど凄まじい殺戮であることか。

六〇〇万人のユダヤ人がホロコーストにあったことによって建国されたイスラ

エルという国家が、同様のことを他の民族にしている。そして、このことによってイスラエルは、「自衛」の名の下での自らの正当性を完全に投げ捨て、「パレスチナ全土は神からユダヤ人に与えられた土地だから、パレスチナ人は抹殺してもよい」という宗教を根拠にした植民地主義国家として、その異様な姿を全世界の前に公然とさらしている。いまイスラエルは国家としての自らの存立を掘り崩そうとしている。

いまこそ声を上げよう。「イスラエルのガザでのジェノサイドを許すな」、「即時停戦」、「パレスチナに自由を」「ガザとともに立とう！」の声が、いま全世界に広がりつつある。私たちの声が、この全世界の声と連帯する大運動となれば、かつてベトナム反戦運動がその声によってアメリカを包囲し、アメリカに敗北をもたらす一因となったように、イスラエルは全世界から孤立し、ガザへのジェノサイドを断念せざるを得なくなる。

イスラエルのジェノサイドに反対する運動が世界に広がれば、これまでの一連の国連決議の三つの原則、①イスラエルの占領地からの撤退、②パレスチナ独立国家樹立を含む自決権の実現、③両者の生存権の相互承認、その三つの原則の実現が絵に描いた餅ではなく、現実性を帯びたものになっていく。

もし国連決議が実現するような方向に進んでいけば、その運動を土台にして、将来、宗教の名の下で他民族を抹殺し、その土地を侵略するイスラエルのような植民地主義国家ではなく、パレスチナ人もユダヤ人も対等で平等な市民として同等な社会的権利を持ち、宗教で差別されない平和で民主的な共同体（例えばパレスチナ共和国と言うような共同体）が、パレスチナの地で建設される方向に進んで行けるだろう。

二〇二四年二月二九日　記

統一教会問題について

1. 安倍元総理の死について

安倍氏がまさかこのような形で死を遂げようとは、日本中の誰が（安倍氏本人も含めて）想像できたであろうか。まさに驚天動地の出来事であった。そして統一教会は、山上容疑者の行為により、いま最大の危機に面している。

歴史に「もし」はないと言われているが、もし当日の警備体制が十分なものであったなら、もし安倍氏が当日、長野県に行っていれば、もしＵＰＦ（天宙平和連合）の総会にビデオメッセージを送っていなければ、もし統一教会の名称変更が許可されていなければ、もし安倍氏の祖父岸信介氏が統一教会と関係を持たなかったなら、安倍氏は死なずにすんだかも知れない。

安倍氏が山上容疑者に撃たれて死ぬまで、その死を阻止する条件は無数にあった。しかし安倍氏はその無数にあった条件を一つも採用することなく、その死に向かって邁進していった。その意味において、彼の死は必然であり、それはまさに歴史の皮肉である。

2. 加害者山上容疑者の被害者としての側面

山上容疑者が統一教会に家族を崩壊させられ、そのことでどれほど苦しみ、悲しみ、怒り、絶望を覚えたとしても、その復讐のために安倍氏を殺害することは、許されることではない。

しかし山上容疑者のような信者の子どもたちは異口同音に山上容疑者と同じ苦しみ、怒り、悲しみ、絶望をいま訴えている。

統一教会の霊感商法が大きな社会問題になった頃、オウム真理教による地下鉄サリン事件が起き、社会の関心はそちらに移った。その後、統一教会の問題は完全にブラックボックス化され、社会から見えなくなった。彼ら信者の子どもたちの苦しみ、怒り、悲しみ、絶望はこの「黒い箱」に閉じ込められ、統一教会は生き残り、山上容疑者のような被害者をいまも生み出し続けている。

山上容疑者を生み出したのは安倍派などの右派のみならず、この問題に関心を失ったマスコミ・マスメディアと私たち自身でもある。

3. 安倍氏の死がもたらすその後の政局

安倍政権による8年8ヶ月にわたる長期政権の下、安倍強権政治推進のための旗頭（はたがしら）・忖度システムが構築された。警察、内閣情報調査室、公安調査庁などがそのために利用され、安倍政治への批判的な人々が次々と排除され、マスメディアも右傾化した。

しかしこのシステムは、旗頭の下に力を結集するという大衆的動員方式をとるために、何かの偶然でその旗頭が突然なくなると、それを支えてきた組織が内部分裂と空中分解に向かう脆さや危うさを持つ。

安倍氏のコロナ失政による政権投げだしのあと、安倍氏とその取り巻き連中が構築したシステムは、菅・岸田政権には受け継がれず、安倍氏はそのシステムの上に座り続けた。なぜならこのシステムは安倍氏のために作り出されたシステムであり、他の誰でもよいというものではなかったからである。そのため、首相でなくなった後でも、彼は自民党や補完勢力に対して絶大な力を持ち続け、三度目の政権を狙っていたと言われていた。そして突然、そのシステムの頭がなくなってしまった。

安倍氏の突然の死により、近々清和会の内部分裂と空中分解がおこり、自民党政治は流動化していくだろう。

4. 自民党政治の流動化

いま、日本会議、清和会および神道政治連盟など右派の悩みは深い。安倍氏を失った喪失感と悲しみは、神輿がない担ぎ手の気持ちと相通ずる。担ぎたくても担ぐ神輿がない。

安倍晋三という抜群の神輿を失った彼らは、先の見えぬ絶望感と喪失感の感情をどこに持って行けばよいのか困惑している。なぜなら安倍氏の喪失は、安倍氏が闘っていた「こんな人たち」によってもたらされたのではなく、安倍氏などと価値観を同じくする統一教会の犠牲者によるものであるために、その怒りの持って行き場がないからである。

外国発の宗教団体が、その宗教を他国に布教するのは宗教の自由である。しかしその宗教団体が、日本国憲法改正や非核三原則反対、原発推進などの社会運動を信者を使って行うことは、その国の国家主権を犯す国際法で禁じられている内政干渉である。

この問題は、明らかに日本の内政問題であり、信仰の問題ではない。他国の憲法を変えたり、原発を推進するような宗教団体は、果たして宗教団体と言えるであろうか。

日頃から「日本を守る」「わが国の名誉と国益を守る」と声高に主張している自民党議員が、統一教会と協力関係を持つことは、売国行為そのものと言ってもよいだろう。

5．岸田政権の取るべき姿

岸田政権は世論の手前、統一教会に対してそれなりの対応をとらざるを得ない。それに対して統一教会もやむを得ず反撃に出て、自民党議員との過去の関係を暴露するかも知れない。今後、統一教会と個々の自民党議員の関わりは、必ず表に出てくる。これほど情報が発達している現代では、隠し通すことは不可能である。

それ故、統一教会と過去の関係を隠せば隠すほど、関係した議員の傷口は深くなり、どうしようもないところまで追い込まれる。選挙に外国発の宗教団体が関係していれば、これは国政を著しく歪める行為であり、そのことにより自民党は大混乱に陥るだろう。

今後、自民党が政党として政治に責任を持ちたいと真剣に思うなら、統一教会との今までの関係を一つ残らず徹底的に洗い出し、そのことを心の底から国民に謝罪し、今後は彼らとの関係を一切絶つこと以外、自民党は政党として存立していくことは不可能である。

6. 私たちはこの問題にどう取り組めばいいか

私たちに最も求められているのは、いま統一教会の被害にあって苦しんでいる二世の若者、脱会しようとしている人たち、事件を受けて統一教会への疑いを持ち始めている会員たちへの社会的支援である。

私たちが統一教会への関心を持ち、いま孤立化しつつある統一教会員を社会から排除するのではなく、暖かい連帯の手を差し伸べることである。

多くの自民党議員が統一教会の活動に協力し、彼らの活動にお墨付きを与え、被害者を拡大してきた。まず政府はこのことを深く反省・謝罪し、統一教会の被害実態を徹底的に調査、実態解明を行い、統一教会への解散命令の請求を直ちに裁判所に提出しなければならない。

そして今までの政権がなすべきことをなさなかったことによっておこった被害に対して、その被害の実態に応じた国家賠償を行い、依然としてマインドコントロールされている教会員には、精神的な治療も含め丁寧なケアが国の責任としてなされなければならない。私たちは、こういった措置を行うよう政府に強く迫っていかねばならない。

（この文章が公表されたのは二〇二二年九月一六日なので、山上容疑者は出版の時点では山上被告ですが、当時のままに表記しています。また新聞等では「旧統一教会」と表記されていますが、この文章ではより本質を明らかにするために、当時の「統一教会」という名称を使用しています。）

著者略歴
笹岡　優光（ささおか　まさあき）

1949年　大阪市生まれ
1974年　龍谷大学文学部卒業
1977年　大阪府立高等学校に勤務
2015年　大阪府立高等学校退職

美とは何か

2024年３月30日　初版第１刷発行

著　者　笹　岡　優　光
発行者　面　屋　洋
発行所　清　風　堂　書　店
〒530-0057 大阪市北区曽根崎２－11－16
ＴＥＬ 06（6313）1390
ＦＡＸ 06（6314）1600
振替００９２０－６－１１９９１０

製作編集担当・長谷川桃子

印刷・製本／オフィス泰

ISBN978-4-86709-033-6 C0095